あしたの孵化《ふか》

辻聡之歌集

短歌研究社

目次

I

Ⅱ

Ⅲ

あしたの孵化

I

カラーバリエーション

誰ですかと問われる声で目覚めればしゅわしゅわという加湿器の音

ナポレオンは三十歳でクーデター　ほんのり派手なネクタイでぼくは

望まれるように形を変えてゆく〈主任〉はどんな声で話せば

群れながら孤島のこころ貸し切りの車内で笑う職員旅行

洗剤のボトルが最後に着いた場所　水晶浜に雪降りやまぬ

耳もとの温度で雪は融けてゆくぼくの返事はきこえてますか

通り魔のニュースに映る人々の黒いコートを雪がよぎれり

溶け出していないか確かめるために布団の中で反らすつまさき

黄と黒の縞にふくらむ蜘蛛の腹　母はほうきで巣を払いたり

ギャルが嫁にくる　冗談のようなメールののちのしずけさ

ハエトリソウのごとき睫毛をひらかせて彼女は見たり義兄なるわれを

二十数年ともに暮らしし弟の恋を知らざり知らざれど兄

過ぎ去ってようやく気づくことがある窓枠に貼りついた花びら

イヤホンをさしこむ間際つよく名を呼ばれたようで　ぐるりビル風

わたくしも誰かのカラーバリエーションかもしれなくてユニクロを出る

街路樹の根に焼酎の壜があり人はだれもだれも歪んで

川のように声はうねって流れくる商店街は春のお祭り

屈折率

遅れるという声、電話の向こうでは濃紺の雨降り始めたり

水底に眠る海鼠の傍らにはしゃぎいてきみがさざなみを産む

からだより長き触手をもつクラゲ　欲望は知らずふくらむと知れ

通り雨過ぎたるのちの「にじ！」という子どもの声に虹現れぬ

紫はみえないというきみの虹　屈折率の違いを生きる

裏返す靴の内からさらさらとふたりで踏んだ砂のささめき

まんなかにちいさな鱗てさぐりで探せばきみの背きみだと思う

こうやってゆっくりさめるぼくたちの熱も眠りも美しい朝

さみしさを分かち合えないさみしさの霧雨はどこまでも霧雨

充電が完了するまで雨よ降れ窓はしずかに開かれていよ

確かな頭骨

待ち合わせ場所へと続く国道に〈橋を作っています〉の看板

海近き町に生まれし友と飲む　ずっと怖かった灯台の話

蛸を噛むきみを見ている上顎はぶれないきみの確かな頭骨

励ますという愉悦あり果実酒のグラスが濡らす紙のコースター

（たぶん正しい）日傘に影をにじませて母親セミナーに友は通えり

誰もみなひとりに戻る鍵を持つ油絵の月溶けだす夜に

引き算

すりへりし踵直せる細き指ていねいに暮らすっていいよねと言う

正論を説かるる夜の鉄網の牛ホルモンに焔立ちおり

引き算の清しき生活　読み終えし本を無理矢理くれたる友の

餅菜の町

雪の記憶語りて過ごす鳥たちも影へとかえる空の真下で

不揃いな雪の記憶を重ね合うきみを濡らしし雪はなにいろ

磨きたるガラス窓から月を見つ南天の実の鳴りだす夜更け

ぼくは右岸、 左岸のきみに呼びかける千の言葉を吊り橋にして

二十代最後の年が暮れてゆく時間を可視化する雪の窓

また同じ人と繋ぐ手まっさらな日に戻るごと大晦日なり

折り畳み傘をゆっくり折り畳むようにゆっくりまた年を経る

水銀の夜の匂いにつつまれて参拝客は社殿につづく

神様を信じなくてもかまわない暮らしのなかで大吉を引く

雑煮にはさまざまな具があるという　餅菜ひとつの町に生まれて

菊戴

校了日までを数えてわたくしのうちなる砂がしゅんしゅん落ちる

躾なる幻想滲む〈母・匿名希望〉の投書インクは暗く

泣きやまぬ子の熱を知らぬ指先で青き原稿用紙をめくる

屋上へゆく階段の仄暗さ言葉の針をひとつ折りつつ

雨粒のひとつひとつを飛び降りる者と思えば街の凄惨

雨。きみの言葉の端に降りかかり何度も聞きかえす国道沿い

恐竜展沁み出してくる億年の夜も消毒液が匂って

春の日のシーラカンスの展示室だれの言葉も遠く聞こえる

うまく生きるとは何だろう突風に摑まるる蝶の翅の確かさ

菊戴《きくいただき》　鳥の名前に触れおれば広辞苑から羽撃きの音

スティル・ライフ

野菜ジュース満ちて光れる朝々を渡れネクタイを白き帆として

原稿を督促しおりハクモクレン日ごとひらいてゆく窓のなか

ここからは見えない角度で延々とテレビどこかで燃えている山

「若者の自殺を考える集会」テロップ十七音をあふれる

スリープモードなんだ、今だけ　クリーニング工場派遣の友の声鋭し

粘膜に沁みこむごとき梔子の　傷つくことはたやすくていいね

行き詰まること多くありいつまでも春の窓辺のマインスイーパ

閉じこめた光しずかなバルテュス展　許されたいのは本能だろう

林檎ほどの光沢もたぬわたくしに〈still life〉のプレートを貼る

諦念も洗濯ネットに入れてやる傷まぬように愛せるように

Ⅱ

春の推敲

幽霊の話題を挟む雑談の夜に湿りを帯びてゆく耳

残業のうちに破るる細胞膜わが体臭は昨日より濃く

働いてお金をもらう咲いて散るようにさみしき自覚をもちて

やってらんないすよと後輩　コピー機の排熱ほどの声に触れたり

責任感とは鉛の言葉ぼたぼたと空に撃ち落とされるよ椿

価値観は人それぞれと言われたり校正紙に照り返す氷原

辞めるという後輩を止めざりし日の息の白さをファイルに綴じぬ

感傷を洗うごと雨、飛ぶひかり、ぼくの声だけ明るいスタバ

食べられる野草図鑑よ話さずに忘れた春の話題のひとつ

くりかえし春の推敲カーディガン着たり脱いだり約束したり

羨望の角度

招待状の書体はやわく光というありふれた名の式場へゆく

全身が寝癖のような猫の背に慣れぬ礼服の膝を汚せり

海岸線を透過する窓ひだまりの子どもが車掌のまねをしている

羨望の角度調整しておりぬ新郎に酒をなみなみとつぎ

はつなつの表面張力　卓上のぬるきグラスにわたしは満ちる

語順入れかえれば通る文章のごときこころを持て余しおり

吾輩は猫ではないし名もあるが猫ならきみに飼われたかった

グッドニュース

水と塩こぼして暮らす毎日に水を買いたり祈りのごとく

みな白き家電並びぬ　わたくしは汚れるために生活をする

新しい季節の新しい席に座り新しい背景となる

理想、そんなものあるんですかと問いたきを　流しに捨てる冷めたコーヒー

花園橋越えて植物園に到るきみの日傘に花の重力

きみがずっと憧れて来し家族なる森のはじめに咲く木香薔薇

石楠花の森にしゃくなげ満ち満ちてみな枯れ果つるまでの瞬き

アルバート・シュバイツァーなる石楠花にふたりまじめな敬礼をする

花々に名のあふれいてわたくしの由来をついに聞かざりしこと

きみの正論のあかるさ　レリーフに右耳のなきうさぎ跳ねおり

ウツボカズラ覗けば底に棲むものと目が合う春の口論ののち

青葉闇　胸の内よりあふれいずる枝　ねじれた枝が空を塞ぎぬ

廃園を告ぐるプレート万緑に異界をひらくごとき白さで

ささやかな日々に無限の色ありてとりあえずきみと今日のさよなら

麒麟　わが日常にべこべこのアルミ缶より駆け出せぬもの

新幹線に置いていくよと叱られて泣いている子を過ぎる富士山

叱りたる貌おぼろなりベランダに病みし葉を摘む背中ばかりが

明滅、のぞみの車内ニュースでは足音もなく死者が歩めり

架空の国の言語のような手触りで父母の老いること死ぬこと

母を捨てる、いつか、と言えばしろがねの百合の蕊よりこぼるる火の粉

置き去りにされたるままに生きて来し少年の顔で眺むる熱海

圏外の長きトンネルさみしいという母のことばを人づてに聞く

回線をつなぐ／途切れる　下書きの顔文字はいつまでも笑って

グッドニュースだけ受信するアンテナがあるなら耳の産毛にひかり

ざらざら

七年を慣れたる業務後輩に引き継いでおり　いつよりか雨

長雨に執務日誌は湿りたりペン先の鈍く沈みてゆきぬ

（ざらざらの面が裏です）感情を折り畳んでからミスを指摘す

雨の日のランチルームの沈黙に香を放ちたりわがカレーパン

飲み会の断り方が浮かばない透明傘のひだを伸ばしつ

乾きつつ回りくる寿司生きるのがめんどくさいと思える夜に

それぞれの海の記憶を持ち寄って夏の匂いのする会議室

残業の一環として出る通夜に平らな顔のわたくしがいる

焼香の手順を観察しておりぬ悲しみ方は模倣されうる

名も知らぬ人の遺影と向き合えば白木の棺しんしんとして

ドラッグストアばかり建つ街ひとびとは同じ速度で死んでゆけない

すれちがう傘はわずかにふれあって人はだれかの影響圏内

にんげんの羽根

キリン二頭くちづけせんと首伸べているサバンナのTシャツを着る

油蟬死にたるのちの色褪せぬ羽を離れて軽くなる空

からだのない人のことばを借りている八月のスピーチまるで硝子の

平和についてのアンケートです　すりぬけてしばらくのちに振り返りたり

ヘッドライト届かぬ先のひとびとが暗き車道を渡る　溺れる

どこからかロケット花火の響きいてどうでもいい懐かしさばかりが

８５０円のステーキランチ食みながらただ言葉なる希死念慮あり

空腹を満たししのちも切り分ける肉　隣席のしずかな夫婦

最後の晩餐を思えばしらじらとネットショップに並ぶサメの歯

何度でも羽化ゆるされてにんげんの羽根くしゃくしゃのまま濡れており

パリピナル

海へいかないか、で終わる歌ひとつ冬へと向かう肺にしずめぬ

雑踏に剝き出しの耳ゆきかえばわが冷ゆる手を耳にあてたり

トラックの背に積まれたる電柱のその空洞を覗かずに過ぐ

たのしいと思う気持ちが静電気めいて近づくたびにはじける

ジョイフル！　あなたの声に目は開いて月下にひかるファミレスがある

シュガースティックふいに破れて漏れ出ずる感情をうまく押し殺せない

いっしょにいると、さみしい　夏の石壁にあかあかとして記憶のトカゲ

あなたはわたしの太陽、ならば、燃え落ちる、正しい感情なんてあるかよ

そばにいていいのかわからなくなるよ　指に蜻蛉の翅は湿りて

サーキュレーター黙しいる夜のテーブルの向こう　蒸発する水　あなた

痛いほど鼻腔は乾く　Party people《パリピ》なるあなたとはちがう夜を歩けば

人生をエンジョイするということの満月の彩度みたいな言葉
ひっそりと瞼をめくる夜以外なんにも映していない水面よ

十四歳

十四歳だった　殺めしことのなき指で産毛にふるるばかりの

罰として名を奪われし少年のやがて濃くなりゆきし体臭

すくなくとも赦す権利のあらざれば月下つめたき耳塞ぎたり

一輌に百人ほどの善人を載せて音なく地下をゆくもの

飛ぶからだ飛ばないからだ銀杏の匂いが夜を傾けている

暗き樹がそばだてている耳いくつ　わたしは低い声を出せない

借り物かもしれぬ体を温めるための湯船に膝を曲げおり

冬の蝸牛

陽の当たらぬビルの窓にも人のいて朝々窓を開け放ちたり

首すじに触れくる冬の手を払うように新しきマフラーを巻く

一生そこに留まる気かよ　ガードレールの凹みに硬きひかりは澱み

なぞれない雪の輪郭　手のなかに転職サイト灯しつづけて

鳥を放つように送信するメールのっそりと冬雲が動きぬ

猫のようなひだまりありて何も持たぬ掌をひらいたりとじたり

父のめまいなおなおやまずのんのんと冬の蝸牛の眠りておれば

立ち上がることままならぬ父の喩のコーヒーカップいよいよ速し

幼かりしわが声を知る父の耳わが壮年の声知らず閉ず

夜ごと世界を捨て去るごとく枕辺に父の置きたる補聴器黒し

くらぐらと夜に雪ふれば雪の声つかまえており父の補聴器

よぎるたび灯る隣家の防犯用ライトによわく象られたり

回送のバスは仄白い市役所を越えてそのまま夜になります

青から黄、 赤へとうつる信号機おまえはわかりやすくていいね

晩冬に調子外れの歌うたう必要とされたさをＭＡＸにして

Ⅲ

死語として存在するギャル

開花予想の声のあかるさ日曜のニュースに耳は縁取られたり

弟とその妻とサザエさんを観る　あなたは死語として存在するギャル

盗み見る義妹の腹にみっちりとしまわれている姪らしきもの

パラサイト・シングルもまた死語であり地縛霊のごと実家に暮らす

食卓に婚活の話題のぼりしを少年ジャンプでやりすごしたり

おぼろ、おぼろ、朱塗りの匙をこぼれ落つるおぼろ豆腐をまた掬う母

種を吐く　夕餉を終えて母の剝く八朔のそのひと房の翳り

父母の眠りてひとりくつくつとうどん茹でいる湯の暗みゆく

おにいさん、とバニラの匂う声で呼ぶ義妹のながいながい睫毛よ

臨月という言葉うつくし透きとおる金髪に蜆蝶のヘアピン

そんなにも尖った靴で父になる弟のこと今もわからず

弟の命名リストに点りおり星のごとくに愛とか美とか

血を分けたる姪のその名に菜の花の菜の一文字がありて春来よ

幸薄そうって思っててごめん　やたら細き腕で赤子を抱きあぐるひと

新しい言語のように姪の名を口にせしのちに沈黙は来ぬ

ひなこ

知らず知らず錆びる鋏の刃のようにふるさとをまだ離れずにいる

弟が父となりたるおかしさを証すごとくに眠る幼子

ひなこ　ひな　大人の声にひらく目をアンパンマンの正義で満たす

生後とはかなしき言葉だれもみな名札いちまい胸につけおり

悪意から遠き足裏ちいさくてふれれば魚のように逃げゆく

生きなくてはね

三月尽　デスクにだれか残したるクリップゆるくひらきておりぬ

新しき名刺の香り嗅ぎおれば窓の向こうをゆく紋黄蝶

菜の花にあなたの遠くまぶしがるしぐさばかりが揺れやまざりき

当分はできない旅と思うとき胸ポケットに満ち干する海

ブルーシートとブルーシートの境界にふるさくらばな　ひとりでもゆく

かたくなに人を許せぬまま花の雨のごと散る春に立ちおり

夜の岸に桜見上ぐる人々の頬骨あわく灯りてやまず

よく光る感情をもつ人たちが指さしながらよぎる夜桜

花冷えにトリートメントのしみわたる髪の先まで生きなくてはね

夜寒町

内見の曇りなき鏡大きくてわたしはわたしに見透かされたり

響くほどがらんどうなるワンルームそこここに染みこみし沈黙

夜寒町《よさむちょう》の東に楽園町がありすこし光っている地図記号

姉が第三子を産んだというメール　卵ふたつを茹でながら読む

レトルトのカレーをひとり食べているわたしは換気扇から夜へ

人の顔模したる箸置き箸を置くときはわずかに苦しげな顔

すこしずつ他人の家になりゆくをさびしきことと言い捨てて母は

火のごとき欲情ののち一斤の食パンを抱きながら帰りぬ

蕎麦、もやし、ちくわ、豆苗、細長きものばかり食う暮らしにも慣れ

呼ぶ海

あ、死んでゆく夏の匂い　閉ざされたる瞼にうすく汗ひからせて

痩せ蜘蛛の風にあおられいるのみの脚先はほそき糸を離れず

黒揚羽もつれあいつつ飛びながら抱くための腕をわれらもたざり

手に掬う海さえも海ちりぢりの言葉のひとつひとつにあなた

喝采まで遠き海辺に立ちながら練るほど銀にひかる水飴

ゆっくりと潜水しゆくウミガメのまぶたを水圧の手が閉ざす

抱くことのできないあなた　スナメリの身をくねらせる海の深さよ

おおきなるアフリカマナティーの鼻の穴より漏れいずる泡を見ており

ジュゴンおまえのしろきくちもとより吐ける言葉の暗さひとは知らざり

感触が濡れたナスだと聞きしよりイルカはずっとうつくしい茄子

ぼくはついに腐る果物べたべたの指でつまんだ切符　最後の

ゆきすぎる海岸線を見るために、今、やわらかく捩られた首

夕凪の浜崎あゆみ爆音で流るるなかを夏死にゆけり

ささやかな本能　雨のはじまりを腕の毛がさやと教えてくれる

直方体にとどめられたる牛乳のこの世のかたち提げて歩みぬ

部屋干しのシャツをあふるる水分がひたひたと薄闇に呼ぶ海

記憶のなかに驟雨があって

ニキビとは呼ばないものを潰す爪ひかりの腐った臭いをさせて

歩き方に癖ある人の革靴に導かれるごと地下道を出る

借りてきた言葉で報告する会議ふいにだれかが冷房を切る

鉱物のごとき思想を持ちたしと願えども薄き舌の感触

道の名を覚えられない　金木犀、とあなたに教えられた国道

わすれるのか　海、夕明かり、飲みきれない水と沈黙するカフェテラス

日の暮れに早き浜辺を離れつつ平凡というものを信ぜず

ひとりくらい殺したいほど憎むべき人生にすぐ指を噛む癖

玄関の暗みに革靴を捨ててつまさきから取り戻す輪郭

浴室のタイルに尿放《ゆまり》ちたり時間が流れゆくその時間

ゆまり、ゆまり、そんなにさみしい声を出すなよ　記憶のなかに驟雨があって

セックスというより肉体関係というべき夜を分け合っていた

実家から届いた茄子を腐らせるこれからも死んでゆくための旅

延命のごとくコードをつながれて冷蔵庫ひとつと暮らしておりぬ

もう雨は秋の匂いで、すれちがう、身体もいつか更地になるよ

余白

定年のそののち父の庭に咲くダリア薄暮に目を伏せており

かつて吾をそらへはこびし肩車に金木犀の花ふる余白

加湿器はドロップのかたち生きてきて父の涙を見たことのなし

ぼくはアコーディオン　体をふるわせて咳する闇に聴かれていたり

肺を裏返すみたいに咳きこめば焼けただれゆく雲の裾野が

パーマ液の匂いをずっとさせている頭ささげて秋天をゆく

夜だけがすべての
コンビニをいくつ越えても同じ街　月に二度会う約束をして
たぶんちがう名前のあなた呼ぶたびにわがくちびるの昏き裂け目よ

抱く身体／抱かれる身体うすやみに乳首痛みし少年期あり

眠れない口に氷をふふませていずれ消え去る感情を飲む

せめて体だけでよかった　鎖されたる窓の結露になにかの灯り

どうしたって生きてしまうこと思いつつ半身の安き鯖を買いたり

冬空の綻びゆけば言葉という言葉を横切りてゆく風雪

つまさきをすりつけあいて眠るまで話しいし夜だけがすべての

薄羽蜉蝣

鼻先より冷ゆる体を一枚の冬の扉となして開きぬ

いつか死ぬ身を包みたる検査着のパステルグリーン　薄羽蜉蝣

滅菌済みのロビーにわるきひとびとは肉体を携えて佇む

これは個人的な痛みで、採血の針先から目をそらしたら、雪

レントゲン技師シロタさんの切れ長の目に肺臓を展《ひら》かれており

みなアシンメトリの靴を履いている師走の街で買う蛍光灯

写真展に老夫婦ありて沈黙を長く一枚の前に添えたり

写されている湖を凝視するわたくしの眼に満ちるみずうみ

無のごとき白き写真の並びいる最後に「雪」のタイトルはあり

ここにいたことを覚えておくための人は背景ばかりを撮って

しろがねの遅延証明書をくださいい冬のすべてを許せるほどの

やがて孵る

ビル風に巻かれいるとき風の谿だれの耳にもありてさざめく

くりかえし雪崩のニュース映像を映し出す頭　午後の会議の

同僚の育児の話聞き終えぬああ深海へゆきたしわれは

この日々も砂絵に描かれいしものとコメダ珈琲店まで歩む

店員の叱責されている声がコーヒーに溶けていて四百円

花曇り、颪、ほどけたる靴紐の端から薄く汚れゆきたり

また所在なさげな顔の新しき免許証から春に慣れさす

カラーコーンを娘のごとく抱きいるおじさんと目が合う水曜日

結婚を二年で終うる弟の選択を父はひくく語りき

年古りて傷つき方の下手になる父には父の〈祖父〉という夢

わたくしの見たことのないさみどりに弟とその妻が記す名

妙な語呂合わせのせいで弟の結婚記念日忘れられない

菜の花のとおく聴きいる春雷のどこかに姪を呼ぶ声のする

あなたがあなたにかえる隘路のわきに咲く青みずみずとして花韮は

沈黙をチャイルドシートに座らせてわが弟は戻り来たりぬ

弟のエスティマは吠ゆ無事故無違反ゴールド免許の兄わたくしに

エンターキー／リターンキーを叩く指わたしだけどこにも戻れない

慰謝料もはや武勇伝になりぬればそとよみがえる新生児微笑

幾人もわたしを腹に詰めこみてときおり淡く声が重なる

やがて孵るものはおそろし花冷えの窓より放るかまきりの卵

Ⅳ

彗星

なまぬるく風、まぼろしのはつなつに血縁のごとき甍のうねり

どこへも行けないなら同じだろう薄闇にハエトリグモを覆うてのひら

蜘蛛を手にのせて開けたる夜の窓にジャスミンの香が手を掴みくる

一人ということだけはたしか　バスタブに半透明の身体をこする

義妹からかつてもらいし手作りのチョコの行方を思い出せざり

きっともう会わざるままに育ちゆく姪がいること　彗星に似て

夢とおもうギャルの義妹も笑わざる姪を抱きたるわれの両手も

夜明けまで雨の予感の立ちこめてわたしはださいTシャツで寝る

ロープウェイ

信仰は届かざるもの島影を浮かべて海はかつて激しき

参道は夏の名残りに曝されて蜥蜴のまるくふくらんだ腹

レンタカーでくぐるトンネルつらぬいてごらんと昔言いけり　父は

心ぶれぬように心に三脚を抱きてあなたの渓谷へゆく

家族にはなれないだろうさみしさの姉妹滝というのだね、あれは

ふたりで、そう、ふたりで生きる　ロープウェイに空すすむ心もとなさのあり

滝を見にゆく

平和な国でよかったね　昨夜《きぞ》くれないの舌に載せられしねりわさび

隣のオフィスより洩れきたる国会中継遠い悪夢のごとく聞きおり

囁くという字に口よりも耳多くありて呼吸をひそやかにする

人を恋うこころのごとく立つポン酢小さき土鍋の湯気に濡れつつ

ひねられて蛇口とわかる感情を吐きっぱなしの夜にひとりわれ

あれは滝を見にゆく人の列そしてこれは遠くから見るぼくの夢

目覚めてより身のうちにある滝壺に沈みては浮きまた沈む木片

扇風機〈弱〉の日本に寝返りのひとのかたちの夜はこぼれて

台風の予測進路の確かさにあなたも老いてゆくと思えば

白露とうことばに冷ゆる指先に延長コードふれさせており

夜光虫のニュースのなかにくりかえし生れては死ぬるひかり　わたしの

首の角度を変えれば見えなくなる寝癖すこし傾きながら暮らして

踊るシュウマイ

平成二十七年交通事故統計

交通事故死者数ワースト1の街　一日〇・五八人死ぬ

朝刊のまだ刺さりいる隣室を過ぎて素足のごとき朝ゆく

ぼくには神さまがいない　冬天に社殿はしろく霞を帯びて

あなたには心を許さないというように鳥居の陰に猫あり

少年も少年犯罪も一冊の厚き文庫に眠られずおり

みずからを誤字と知らざるかなしみを思えば十二月の街の火

つよいことばよわいことばがたたかってかったほうからあなたにとどく

命とは何だろうかとカレー屋でうつむく　冬野菜のピクルス

たっぷりと落ちくるまでのつかのまに球体となる目薬／この世

目薬をさすとき目から溢れでる液体　どんどんわからなくなる

感情のほとりに立てば泥濘の底よりザリガニ現れ出でたり

雪の結晶つけたるままのわが眼鏡街並みに雪を浮かべておりぬ

ふれた途端雪はゆきへと輪郭を失い言葉もたざる水よ

名古屋駅西銀座通商店街

冬枯れに中華料理屋華やぎて人間はみな踊るシュウマイ

地下鉄の青きひかりの寒ければ身体ひとつを預けてしまう

振り返らず下りゆくエスカレーターのだれかの焰、そっと見ている

風不死岳

オホーツク海の夜明けを眺めいし記憶を分かちあいて水炊き

凍結のオコタンペ湖を見しのちをあなたのずっと遠い来歴

胸に風やまざるときを風不死岳《ふっぷしだけ》とう山の名は唇を洩れくる

蕎麦湯

会いにゆく　こころは雪を浴びながらゆく海鳥の初列風切

辻々のゆきだるまへとふるあさひ大人は向こう側へ行けない

物分かりのよさを正義と信じいし子供でありき誤植の日々よ

雪のなりそこない、おまえ、一心に袖を汚して溶けゆくのみの

指の冷たさを確かめらるること儀式めきて商店街に冬

歳月は密度をもちて軋みたり壁一面に蕎麦の花白し

真向かいに座れば遠くなる眸を開閉させるあなたのちから

孤独ならどうして薄められるだろう猪口に注がれおりたり蕎麦湯

出会いてより死ねざりしこの臆病を許す手袋に両手をしまう

星をとじこめてきときと凍りたる舗道を燃ゆるごとく歩めば

皮膚と街並み

国産の墓石と外国産の墓石、霊園にモザイク模様の祈り

選挙には行かなかったという友の肩ゆるやかにバス右折せり

電子煙草くわえてずっと転職を迷う横顔から煙りたり

三十四歳・帯状疱疹という冬の終わりに長く長く雨降る

今とてもサラリーマンに見ゆる貌い・ろ・は・すの柔さ持てあましつつ

すれちがうどの自転車の口笛も鮮やかなればわれのモノクロ

背中に塗るための薬をゆびさきに背中ねじればねじれる鏡

新聞紙いちまいほどの厚さにて隔てられおり　皮膚と街並み

飴色の翅ふるわせる蜜蜂のいっぴきぼくのこころのなかに

春寒の工事現場に谺する All right《オーライ》, all right《オーライ》. そうだよね、きっと

童顔に花柄のシャツ着せていて去年より花びらの散りたり

梅の枝をメジロきらきら飛びうつる　みなひとりぶんの重さに撓む

あとがき

自分の性格を一語で表すなら、照れ屋、だと思う。

中学生の頃、自分の使う名古屋弁がなんだか急に恥ずかしく思えてきて、意識して使わないようにしたことがあった。「でら」とか「だがや」とか、そうした比較的分かりやすい言葉を封印した結果、特に何が得られたというわけでもなく、ただ、コテコテの名古屋弁を使えない生粋の名古屋人に育ってしまっただけだ。あの頃、妙な自意識さえ芽生えなければ、大人になった今も「でら楽しい！」などと言っていたのだと思うと、わずかに寂しさがこみあげてくる。思春期の入り口に置き去りにした言葉たちが、いつまでも、恨みがましくこちらを見つめている気がする。

当時は、失われた名古屋弁の代償なのか、言葉を書くということに熱中していた。無印良品の小さなノートに、一ページにつき一編の「詩らしきもの」を書き綴るなど、とても青臭い行為に没頭した。けれど、そうすることで確かに救われていたし、渦巻く思春期の汚泥の中で溺死することなく、なんとか前に進んでいくための、それは浮き輪だった。あの頃、そうやって言葉は、ただひたすら自分のためだけに書かれていた。

[illegible]もの」はいつしか短歌へと形を変えて、僕は結社の門を叩き、友人や知人も増

えた。あまつさえ、こうして幸運にも第一歌集を出すことにもなった。まだ実感が湧かない。十四歳でこじらせた性格を多分に残しながらも、人見知りだってある程度は克服した（はずの）今の僕の言葉は、少しは、他人に届くようになっただろうか。

＊

帯文を書いてくださった馬場あき子先生をはじめ歌林の会の皆様には、短歌の右も左も分からない入会当初よりご指導を賜り、本当にありがとうございました。歌集の構成については米川千嘉子様にご助言をいただき、栞には松村由利子様、荻原裕幸様、寺井龍哉様から文章を頂戴いたしました。多くの方の力をお借りした幸せな歌集ですが、ただ一つ、岩田正先生にご覧いただけなかったことだけが心残りです。

福田利之様、酒井田成之様には、素敵な装幀に仕上げていただきました。また刊行にあたって、さまざまなわがままを聞いてくださった短歌研究社の國兼秀二様、菊池洋美様に感謝申し上げます。

叶うなら、この歌集が誰かの浮き輪やビート板になりますように。

二〇一八年七月酷暑、コメダ珈琲店にて　　辻　聡之

著者略歴

一九八三年　名古屋市生まれ
二〇〇九年　歌林の会入会
二〇一四年　かりん賞受賞
二〇一六年　同人誌「短歌ホリック」創刊

かりん叢書　第三三五篇

あしたの孵化

平成三十年八月三十日　印刷発行

著者　辻《つじ》聡之《さとし》
発行者　國兼秀二
発行所　短歌研究社
〒一一二-八六五二
東京都文京区音羽一-一七-一四　音羽YKビル
電話　〇三-三九四四-四八二二・四八三三
振替　〇〇一九〇-九-二四三七五
印刷者　豊国印刷
製本者　牧製本
装画　福田利之
装幀　酒井田成之（sakaida design office）

ISBN 978-4-86272-588-2　C0092

検印省略